AF335846

10 decembre 1912

VENTE
Du Mardi 10 Décembre 1912
HOTEL DROUOT, SALLE Nº 7
À DEUX HEURES

OBJETS DE VITRINE

BIJOUX ANCIENS

Appartenant à Madame V...

COMMISSAIRES-PRISEURS
Mᶜ F. LAIR-DUBREUIL
Mᵉ AUREAU

EXPERT
M. H. HOUZEAU

CATALOGUE

DES

Objets de Vitrine

ET

BIJOUX ANCIENS

BOITES, ÉTUIS, FLACONS, NÉCESSAIRES, ETC.

Montres, Broches, Pendentifs, Châtelaines, etc.

APPARTENANT A MADAME V...

ET DONT LA VENTE AUX ENCHÈRES PUBLIQUES AURA LIEU

HOTEL DROUOT, SALLE N° 7
LE MARDI 10 DÉCEMBRE 1912
à deux heures

COMMISSAIRES-PRISEURS

Mᵉ F. LAIR-DUBREUIL | **Mᵉ AUREAU**
6, rue Favart | 2, rue de Saint-Pétersbourg

EXPERT

M. H. HOUZEAU, 4, rue de la Paix

EXPOSITION PUBLIQUE

Les Dimanche 8 et Lundi 9 Décembre 1912, de 1 h. 1/2 à 6 heures

CONDITIONS DE LA VENTE

Elle sera faite au comptant.

Les adjudicataires paieront *dix pour cent* en sus des enchères.

L'exposition mettant le public à même de se rendre compte de l'état et de la nature des objets, aucune réclamation ne sera admise une fois l'adjudication prononcée.

Paris. — Imp. de l'Art, Ch. Berger, 41, rue de la Victoire.

DÉSIGNATION

1 — Broche-bouquet en roses et rubis, à feuillage d'or sur argent, poire en émeraude cabochonnée. XVIIIe siècle.

2 — Paire de boucles d'oreilles en or et améthystes. Travail espagnol de la fin du XVIIIe siècle.

3 — Broche en roses, formée d'arabesques, monture en argent. Commencement du XVIIIe siècle.

4 — Petit pendant de cou : Saint Esprit, en or et topazes. Travail auvergnat, fin du XVIIIe siècle.

5 — Médaillon ovale, surmonté d'un nœud en topazes blanches, montées sur argent, renfermant un bouquet de fleurs. Espagne, XVIIIe siècle.

6 — Pendentif en argent doré, surmonté d'un nœud, orné de pierres étamées et de perles fines. Espagne, XVIIIe siècle.

7 — Grand pendant de cou en or émaillé, améthystes et pierres de couleurs. Travail persan du XVIIIe siècle.

8 — Pendentif en or et émeraudes. Travail espagnol de Valence, fin du xviiᵉ siècle.

9 — Pendentif en topazes brûlées, à décor de feuillages, trois poires pendantes, monture en argent. Espagne, commencement du xviiiᵉ siècle.

10 — Pendant de cou en or ajouré et émeraudes, terminé à la base par une croix. Travail espagnol de Valence, fin du xviiᵉ siècle.

11 — Pendant de cou en or, émeraudes et rubis, orné au centre d'un camée dur, de la fin du xviiiᵉ siècle : « Femme portant la massue et la peau de Lion d'Hercule ».

12 — Paire de boucles d'oreilles, représentant des vases, en or et perles fines. Italie, xviiiᵉ siècle.

13 — Paire de boucles d'oreilles, à double face, en or émaillé et perles fines. Travail espagnol du xviiᵉ siècle.

11 — Petit pendentif, à trois poires pendantes, en topazes brûlées. Monture en argent. Espagne, commencement du xviiiᵉ siècle.

15 — Paire de boucles d'oreilles en or et perles fines, grappes de raisin. Travail portugais, xviiiᵉ siècle.

16 — Deux petits pendentifs en or, perles fines, turquoises et émeraudes. Italie, xviiiᵉ siècle.

17 — Pendant de cou, formé d'anciennes boucles d'oreilles, en roses émeraudes et perles fines. Monture en argent. Espagne, xviiie siècle.

18 — Pendant-broche à monture en argent, en roses émeraudes et perles fines, orné au centre d'un bouquet de fleurs en ors de couleur, appliqué sur un fond en acier bleu. xviiie siècle.

19 — Broche, formée d'une grosse perle fine baroque, ornée d'arabesques en roses, perles et pierres de couleurs.

20 — Paire de petites boucles d'oreilles espagnoles en or émaillé et perle. Travail des Baléares, fin xviie siècle.

21 — Petit pendant de cou : Saint-Esprit, en or émaillé sur les deux faces, décoré de tables en cristal, surmonté d'un nœud. Travail espagnol de la fin du xviie siècle.

22 — Paire de boucles d'oreilles longues, à monture en argent, ornées de roses et d'émeraudes. Travail espagnol du xviiie siècle.

23 — Paire de boucles d'oreilles en argent, ornées de roses et d'émeraudes. Espagne, xviiie siècle.

24 — Deux fermoirs de bracelets, de forme ovale, en topazes brûlées montées sur argent. Travail espagnol, xviiie siècle.

25 — Paire de fermoirs de bracelets ovales, pavés de topazes blanches et jaunes, montées sur argent. Espagne, xviiie siècle.

26 — Pendant de cou, formé d'anciennes boucles
d'oreilles en roses et perles fines. Espagne,
xviiie siècle.

27 — Grande croix en or sur fond d'argent, surmontée d'un motif carré ajouré, ornée de roses
et d'un brillant. Travail flamand de la première
moitié du xviiie siècle.

28 — Pendant de cou, de forme ronde, surmonté
d'un nœud, en or et perles fines, parties émaillées. Travail espagnol de la fin du xviie siècle.

29 — Devant de corsage en or et émeraudes, formé
d'un motif ajouré supportant une guirlande de
feuillage à laquelle est attachée une croix. Travail espagnol, province de Valence, xviie siècle.

30 — Pendant : Saint-Esprit, en or et grenats, terminé
par trois pampilles en or. Travail auvergnat du
commencement du xviiie siècle.

31 — Boucle d'oreille, en forme de panier, suspendue à un nœud, en or émaillé de diverses couleurs, garnie de perles fines. Travail vénitien de
la fin du xviie siècle.

32 — Pendant de cou, de forme ovale en or émaillé,
représentant saint François d'Assise, recevant
les stigmates. Entourage formé de perles fines
enfilées et de chatons en émeraudes. Travail
espagnol du commencement du xviiie siècle.

33 — Pendant de cou en or ajouré, formé de trois
motifs séparés, orné de roses. Travail de
Bruges, xviiie siècle.

34 — Ornement de corsage en or et émeraudes,
représentant un cœur traversé d'une épée. Travail espagnol du commencement du xviiie siècle.
(Province de Valence).

35 — Autre motif de corsage, formé d'un nœud en
or filigrané, recouvert de perles fines, poire
pendante. Travail espagnol, xviiie siècle.

36 — Grande boucle d'oreille de Madone, à trois
poires pendantes. Travail ajouré en roses, mon-
tures en argent. Espagne, xviiie siècle.

37 — Pendant de corsage, formé d'une sorte de croix
suspendue à un nœud à quatre coques, en or et
émeraudes. Travail de Valence (Espagne), fin du
xviie siècle.

38 — Autre pendant en or et émeraudes de même
modèle et de même époque.

39 — Paire de boucles d'oreilles de Madone en or et
topazes rouges. Espagne, fin du xviie siècle.

40 — Petit devant de corsage en or et émeraudes, à
décor d'arabesques. Travail allemand de la fin du
xviie siècle.

11 — Grand pendant de corsage, de forme ovale, offrant un bouquet de fleurs entouré d'une guirlande de feuillage, supportée par un nœud orné de roses et de perles fines. Monture en argent. Travail français du XVIIIe siècle.

12 — Paire de très grandes boucles d'oreilles de Madone en or et améthystes, représentant un bouquet de fleurs terminé par une poire branlante. Travail espagnol du commencement du XVIIIe siècle.

43 — Médaillon en or et améthystes. Motif ovale supporté par une couronne royale; au centre, un émail représentant sainte Madeleine; dessous, saint Jean-Baptiste. Travail espagnol, XVIIIe siècle.

14 — Saint-Esprit Normand en or, cailloux d'Alençon et pierres de couleurs. XVIIIe siècle.

15 — Pendant de corsage, offrant une marguerite feuillagée en chrysolithes, avec au centre une grosse améthyste. Monture argent. Travail portugais, XVIIIe siècle.

46 — Pendant de cou en or, roses et diamants tables, formé d'un ovale accolé de quatre fleurons, supporté par un motif à décor d'arabesques. Au centre, une peinture représentant la Vierge portant l'Enfant Jésus; dessous ciselé. Espagne, fin du XVIIIe siècle.

57
59
79
76
46

47 — Petit médaillon ovale à double face, entourage en or émaillé formé de fleurettes, renfermant deux peintures sur verres, sujets saints. Travail des Baléares, xviie siècle.

48 — Médaillon, de forme rectangulaire, de même travail que le précédent, renfermant également deux peintures sur verres. Baléares, xviie siècle.

49 — Petit médaillon, en forme de cœur, en or, à décor flamboyant appliqué sur un fond en argent ; au centre, une minuscule figurine d'Enfant Jésus en cire. Fleurettes émaillées. Espagne, xviie siècle.

50 — Pendant de cou, formé d'un cœur en cristal, en deux parties. L'une d'elles porte une croix gravée sur la face interne, monture en vermeil. Allemagne (?) xviie siècle.

51 — Médaillon ouvrant, en forme d'écusson, offrant sur la face un émail peint représentant une femme lisant une lettre ; derrière elle, un amour. Le fond filigrané est entouré d'un bord d'émail bleu. Travail français du xviiie siècle.

52 — Devant de corsage, en trois pièces, en or, orné de pierres étamées taillées en roses ; sertissures en argent à décor de fleurs. Travail espagnol de la fin du xviie siècle.

53 — Collier, formé de sept motifs carrés en or émaillé, ornés de roses, reliés par trois rangs de perles fines, les dessous des maillons offrent des fleurettes en émail de diverses couleurs. Travail persan du XVIIIe siècle.

54 — Parure : pendant de cou et boucles d'oreilles, en topazes brûlées montées sur argent à motifs de volutes supportant trois poires. Dans un écrin en cuir doré de petits fers. Travail espagnol du commencement du XVIIIe siècle.

55 — Bouquet de Madone en or, composé de fleurs et de papillons en or émaillé, montés sur des tiges branlantes. Espagne, fin du XVIIe siècle.

56 — Pendant de cou, représentant un cygne dont le corps est formé d'une grosse perle, les ailes et la tête en or en partie émaillé, rubis et émeraude. Espagne, commencement du XVIIe siècle.

57 — Pendant de cou, en forme de nef, en or émaillé, à fond rouge semé de fleurons émaillés en blanc. Elle renferme six petits matelots. Perles fines pendantes. Espagne, XVIIe siècle.

(*Vente Guilhou, 1906.*)

58 — Collier-devant de cou en or émaillé, formé de six maillons ajourés reliés par un nœud à quatre coques, supportant un motif en forme de cœur, décoré d'émeraudes et de perles fines. Espagne, commencement du XVIIe siècle.

59 — Petit éléphant ancien en cuivre émaillé, portant une tour et un cornac, décoré de cristaux taillés. Provenant d'un collier de l'Ordre Danois, réorganisé en 1693.

(Vente Guilhou, 1905.)

60 — Broche en or, renfermant une petite miniature d'homme, du temps de l'Empire, en habit bleu.

61 — Médaillon rond en or, renfermant une miniature d'homme portant un habit bleu, cravate à jabot, du temps de l'Empire. Signée : *de Latan*.

62 — Petite broche en argent doré, surmontée d'un nœud en marcassites, offrant un émail : Portrait de femme coiffée d'un grand chapeau orné de jargons, de l'époque Louis XV.

63 — Médaillon en or, ovale, ouvrant, renfermant une miniature d'homme, du temps de l'Empire, en habit marron.

64 — Médaillon rond en or bas, renfermant une miniature de femme en robe blanche, décolletée, portant un collier de trois rangs de perles ; au revers, chiffre en or. École anglaise, xviiie siècle.

65 — Châtelaine en ors de couleur, de style Louis XVI, à décor d'attributs. La plaque du haut porte la couronne royale, deux des breloques les chiffres de Roi et de la Reine. Elle supporte une montre ancienne en or et jargons, dite squelette, signée : *Lépine, horloger du Roi*.

66 — Très belle châtelaine et montre en or émaillé,
à sonnerie, de l'époque Louis XVI à fonds gros
bleu, décorée sur les plaques et sur le fond de
la montre de motifs en roses (vases de fleurs.)
Le cadran de la montre est entouré d'un rang
de roses, clef-cachet et breloques. Le mouvement de la montre est signé : *Gédéon Paul
Blondet, à Genève.*

67 — Breloquet, formé de chaines en or, relié par
une plaque ovale émaillée sur les deux faces de
motifs réguliers en or et paillons sur fonds
bleus, cachet en or émaillé de même travail.
France, époque Louis XVI.

68 — Pendentif, dit porte-poisons, en cristal de
roche taillé et gravé; monture en argent doré.
Travail allemand du xviie siècle

69 — Deux breloques en or, l'une d'elles simule une
boîte de marchand de plaisir, elle renferme un
petit lapin. L'autre représente un ananas. Époque Louis XVI.

70 — Trois breloques en or, petit œuf-cassolette,
petite cassolette à fard et petit livre émaillé bleu
et rouge. Époque Louis XVI.

71 — Pendentif en or ancien, en forme de losange,
formé de petites pièces carrées assemblées offrant d'un côté des armes et de l'autre l'Agneau
Pascal, datées de *1700.*

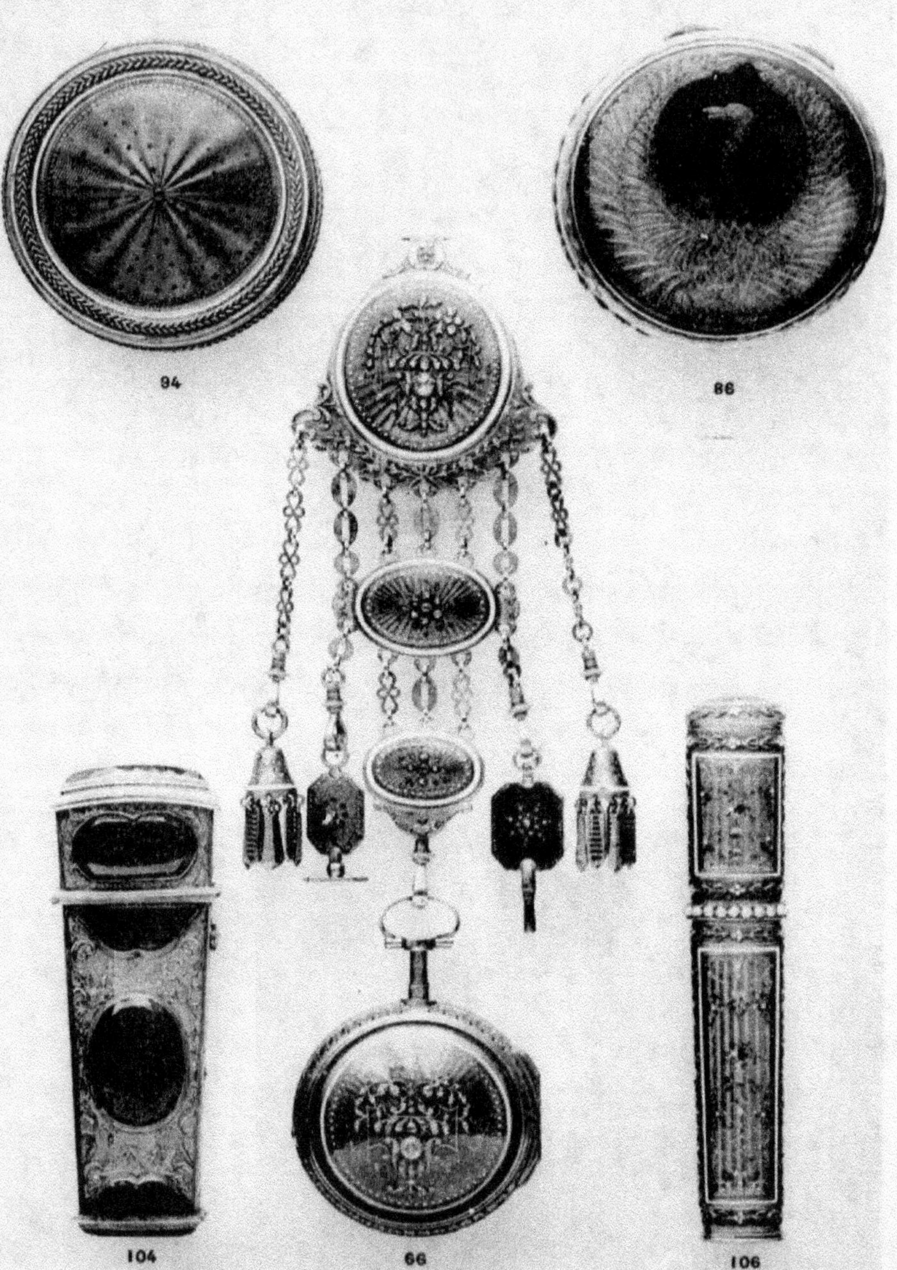

94
86
104
66
106

72 — Deux cachets-breloques en or, l'un d'eux renferme un cheval marin, l'autre offre une topaze jaune retenue par deux serpents. Époque Restauration.

73 — Montre en or, partiellement réémaillée d'un cercle en émail rouge entouré de feuillages en émail vert; au centre, petite tête de femme. Époque Louis XVI.

74 — Montre, en forme de mandoline, en or, en partie réémaillée d'émaux de diverses couleurs. Fin du xviiie siècle.

75 — Montre en or, de l'époque Louis XVI. Le fond est couvert d'un émail dit : queue de paon, bordée d'une course de fleurettes en ors de couleurs répétée autour du cadran. Mouvement de *Le Moyne*. Poinçons de *Clavel, 1780-1789*.

(*Vente Guilhou, 1905.*)

76 — Belle montre en or, à double boîtier, à répétition. Le boîtier extérieur est ajouré et ciselé de rocailles et orné de réserves de fleurettes en roses de Hollande, ainsi que la bélière, la poussette et le tour du cadran. Celui-ci est en or gravé. Sur le fond en agate rubannée, on voit une corbeille de fleurs en brillants. Le boîtier intérieur est ajouré et gravé d'arabesques et d'animaux d'une grande finesse d'exécution. Le mouvement est signé : *Gerritt Rensmonn*. Commencement du xviiie siècle.

(*Vente Guilhou, 1905.*)

77 — Flacon à pans, à monture en or, recouverte de plaques de malachites. Il est orné de deux collerettes en or ciselé en haut relief de guirlandes de fleurs émaillées. Fin du XVIIIe siècle.

78 — Flacon, de forme balustre, en cristal de roche taillé à pans. La gorge et le pied sont en or ciselé et partiellement émaillé de fleurons roses et verts.

79 — Flacon, de forme balustre, retenu par deux chaines à un crochet de suspension, en or repoussé, ciselé et partiellement émaillé en plein. Décor d'oiseaux et de fleurs en couleurs, sur fond amati. Sous le pied, intaille en cornaline gravée avec la devise : *Rien de si doux.* Milieu du XVIIIe siècle.

(*Vente Guilhou, 1906.*)

80 — Drageoir en prime d'améthyste, monture en or, à charnière, pièce de pouce en roses et rubis. XVIIIe siècle.

81 — Drageoir en cristal de roche à pans et à facettes. Monture à charnière en or gravé et partiellement émaillé.

82 — Drageoir, de forme carrée, en prime d'améthyste. Sur le couvercle, deux chiens sculptés en camée. Monture dorée gravée, repoussée et ciselée en cuivre doré, pièce de pouce en roses.

83 — Boîte ronde en écaille brune, ornée sur le couvercle d'une miniature d'homme à cheveux poudrés, habit bleu et gilet blanc. Époque Louis XVI.

84 — Boîte ronde en écaille noire, de l'époque Louis XVI, galonnée d'or gravé et repoussé. Sur le couvercle, cadre ouvrant en or repoussé à décor de fleurs et de colombes entourant une miniature de femme décolletée, à perruque poudrée et corsage bleu. A l'intérieur de l'ouvrant, chiffre en or. Poinçon de *Julien Alaterre, adjudicataire général, 1773.*

Diam., 77 millim.

85 — Boîte ronde, décorée au vernis rouge, galonnée de cuivre doré, et ornée d'une miniature de femme vue à mi-corps, vêtue de bleu et coiffée d'un grand chapeau garni de plumes blanches. Époque Louis XVI.

86 — Boîte ronde à pourtour en or uni, bordée d'ondulations guillochées. Le couvercle et le fond sont décorés d'oiseaux en piqué d'or sur écaille brune. Exécutée par *J.-F. Balzac en 1755 sous Julien Berthe, sous-fermier de la marque.*

Diam., 61 millim.; haut., 25 millim.

87 — Petite boîte, de forme rectangulaire, à charnière, en ors de couleurs, décorée de médaillons en réserves, représentant sur le couvercle un enfant faisant danser un chien; dessous, une basse-cour et, sur les côtés, des fleurs et des fruits sur un fond à rayures. Exécutée en 1762, sous *Elot Brichard, sous-fermier de la marque.*

Long., 59 millim.; larg., 37 millim.; haut., 27 millim.

88 — Boîte ovale à charnière, du temps de
Louis XVI, en ors de couleurs ciselés en relief,
bordure de fleurons et de fleurs ; au pourtour,
quatre vases. Elle est reémaillée en plein d'émail
gros bleu.

Long., 68 millim.; larg., 50 millim.

89 — Boîte ovale, du temps de Louis XVI, en or
ciselé et gravé, à bordure d'entrelacs. Médaillons de fleurs et d'attributs en réserves, sur
fond amati. Le couvercle est orné d'un émail
peint : Portrait de femme ; entourage de l'émail
et pièce de pouce en jargons.

Long., 60 millim.; larg., 45 millim.

90 — Boîte ovale, à charnière, en or émaillé en
plein, de couleur orange sur fond guilloché,
bordure de fleurons en ors de couleurs ; au
pourtour, quatre motifs à guirlandes ciselés.
Le couvercle est décoré d'un émail ovale, amours
en grisaille sur fond rose. Exécutée en 1773,
par *Josse J.-B.*, *orfèvre rue du Grand-Hurleur,*
sous J. Alaterre, adjudicataire général.

Long., 65 millim.; larg., 47 millim.

91 — Boîte, de forme rectangulaire, à charnière, de
l'époque Louis XV, en or ciselé, ornée sur toutes
ses faces de réserves offrant des sujets pasto-
raux sous émail bleu translucide. Poinçon de
province.

Long., 68 millim.; larg., 28 millim.; haut., 33 millim.

92 — Boîte oblongue, à pans coupés, de l'époque
Louis XVI, à cage en or, bordure dents de loup,
sertissant des émaux peints en grisailles teintées,
sur fonds bleus, représentant, sur le couvercle,
une femme désarmant l'amour et, sur le fond,
un amour conduit par un chien.

Long., 85 millim.; larg., 38 millim.; haut., 18 millim.

93 — Boîte ovale, à charnière, de l'époque Louis XVI,
en or émaillé en plein d'émail gros bleu trans-
parent sur fonds guillochés. Elle est bordée de
motifs en paillons sous émail. Sur le couvercle
est représenté un sujet galant : Jeune femme et
jeune homme unis par l'amour.

Long., 87 millim.; larg., 59 millim.; haut., 28 millim.

94 — Boîte ronde, en or, à charnière émaillée, en
plein. Elle est bordée de cordes tressées entre
deux filets d'émail blanc. Le champ et les fonds
sont décorés d'un émail gros bleu, translucide,
semé d'étoiles et de points en or. Exécutée en
1780 *par Crosse. Georges Antoine, orfèvre, rue
Saint-Louis au Marais. Sous Henri Clavel, régisseur général.*

Diam., 60 millim.; haut., 21 millim.

95 — Boîte ovale en or, à charnière, partiellement
émaillée en plein d'un émail orangé, sur fonds
guillochés. Les bordures en relief sont formées
d'entrelacs et de feuillages émaillés verts et
blancs. Le couvercle est orné d'un émail peint
en grisaille représentant un personnage en ar-
mure, se détachant sur une draperie rouge et

entouré d'un encadrement de fleurs et de feuillages en émail vert. Exécutée en 1785, par *Jean-Baptiste Marie*, *orfèvre rue Saint-Martin*, *sous Henri Clavel*, *régisseur général*.

Long., 80 millim.; larg., 60 millim.

96 — Boîte oblongue, à pans coupés, en or partiellement émaillé en plein. La bordure est richement décorée de ciselures en relief sur fond amati d'arabesques et de fleurettes en émaux de couleurs et de demi-perles en émail. Le couvercle et le fond sont ornés d'émaux à fonds gros bleu sur guilloché ornés de guirlandes, de vase et de fleurs exécutés en paillons d'or sous émail. Cette boîte a été exécutée en 1789, par *Handry*, *orfèvre rue Saint-Antoine*, *sous Calandrin*, *régisseur général*.

Long., 88 millim.; larg., 41 millim.

97 — Boîte ovale, à charnière, du temps de Louis XVI, en or émaillé en plein, décorée sur toutes ses faces de motifs de guirlandes et d'une corbeille de fleurs, exécutées en paillons de couleurs, sous émail translucide bleu, sur fonds guillochés. Le couvercle est orné d'un émail ovale peint, représentant deux personnages.

Long., 68 millim.; larg., 50 millim.

98 — Boîte ovale, à charnière, du temps de Louis XVI, en or émaillé en plein d'un émail violet translucide, sur fonds guillochés. La bordure est ornée de motifs de fleurettes ciselés en relief et émaillés de diverses couleurs. Le champ

97

98

95

96

92

et le fond offrent des guirlandes de paillons en
or sous émail. Le couvercle est orné d'un émail
ovale peint, entouré de perles fines : Sacrifice à
Vénus.

Long., 68 millim.; larg., 50 millim.

99 — Boite plate, rectangulaire, à charnière, du
commencement du XIXᵉ siècle, en or guilloché
et ciselé. Elle est décorée aux angles d'écoinçons en relief. Le couvercle est orné d'un émail
peint d'un sujet d'après l'antique, entouré de
motifs de sphynx, d'amours et d'arabesques. Le
dessous offrent des attributs de musique sur
un fond amati. Travail français de Province.

Long., 90 millim.; larg., 64 millim.

100 — Boite plate, rectangulaire, à charnière, en or
émaillé en plein d'émail gros bleu translucide,
décorée sur le couvercle d'un émail peint, représentant un vase de fleurs, et de deux écoinçons
ciselés en relief : Buire et instruments de musique. Sous la boite, on voit un vase guilloché
se détachant sur un fond gris perle. Bordure de
motifs, gravés en réserves sur l'émail.

Long., 96 millim.; larg., 64 millim.

101 — Boite rectangulaire en émail de Saxe, décorée
sur le couvercle d'un sujet représentant Renaud
et Armide ; sur les côtés, combats de cavaliers
et d'animaux ; sur le dessous, d'écussons accolés
surmontés d'une couronne de Duc, et à l'intérieur du couvercle, d'un portrait d'homme
habillé en hussard. Milieu du XVIIIᵉ siècle.

Haut., 40 millim.; long., 70 millim.; larg., 55 millim.

102 — Boîte rectangulaire en cuivre émaillé, décorée sur toutes ses faces d'inscriptions diverses, de légendes, de caractères de musique, de lettres simulées, encadrés de rocailles en noir et or, monture en cuivre. Saxe, milieu du XVIIIe siècle.

103 — Étui-nécessaire en argent doré et peint, repoussé et ciselé de fleurs et de rocailles, renfermant des ustensiles divers. Époque Louis XVI.

104 — Étui-nécessaire, de l'époque de la Régence, en or finement ciselé de motifs pris sur pièce, de petits personnages et d'animaux. Il est orné de plaques de cornalines rouges. Il renferme des ustensiles en or ciselés : couteau, ciseaux, etc.

105 — Étui-nécessaire en argent filigrané, décoré de fleurettes en émail bleu turquoise. Il contient des ustensiles divers. XVIIIe siècle.

106 — Étui, de forme aplatie, en or émaillé en plein, à décor de fleurs et de guirlandes en paillons de couleurs, et de fleurettes en relief émaillées en vert, collier de perles fines à la gorge. Travail français, XVIIIe siècle.

107 — Étui cylindrique galonné d'or gravé, décoré au vernis Martin de sujets populaires. En haut, personnages se battant; en bas, femme apostrophant un porteur d'eau. XVIIIe siècle.

(Vente Guilhou, 1906.)

108 — Etui cylindrique, galonné d'or, en vernis Martin à fond rouge rayé de noir, décoré dans le genre de Lancret. XVIIIe siècle.

109 — Etui cylindrique, ovale de plan, en cuivre guilloché et doré, dit Pomponne. XVIIIe siècle.

RED. :

24

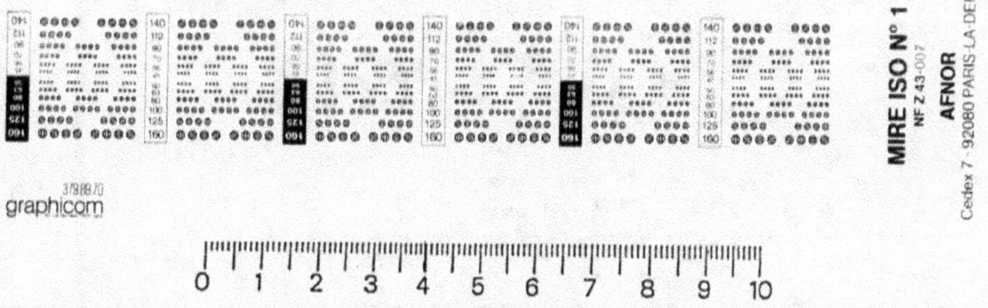

MIRE ISO N° 1
NF Z 43-007
AFNOR
Cedex 7 - 92080 PARIS-LA-DÉFENSE

graphicom

0 1 2 3 4 5 6 7 8 9 10